水甕叢書第七九五篇

春日真木子歌集

燃える水

短歌研究社

目次

燃える水

装画　パウル・クレー
「死にもの狂いに漕ぐ」
一九四〇年　クレー美術館（ベルン）
装幀　猪瀬悦見

燃える水

I

桃の時間

熟れふかく廃るる桃をテーブルに置きて入りゆく桃の時間に

白桃にむかしの夕映えくれなゐのながれはじめつ灯を消してより

水わたる夢を見てゐき息ぬきて浮身してゐき母に逢ひゐき

水の面に映る紫陽花溶け入りて息やはらかき母のほほゑみ

一山《いっさん》にあふるる紫陽花訪はざりき一山あふるる母の恐ろし

あぢさゐの下葉にすだく蛍をばよひらの数の添ふかとぞ見る　定家

宵やみによひらの白の浮きいでぬ山紫陽花に蛍を待たむ

墨すりて夏の短か夜机《き》に向かふ定家にすりよる猫のありしを

まろまろと定家の猫も夢みしか肉食獣の野性のゆめを

愚痴多き定家の猫性《ねこしやう》みえきたる今ぞ親しき『明月記』繰る

小倉百首一番札をいひいでて即ち向かふ近江の宮へ

はつなつのみのりのごとし金色《こんじき》の沫の卵塊枝先に垂る

近江の宮漏刻の上《へ》におごそかに産卵せしか森青蛙

孵るとは落下すること濡れぬれて蝌蚪のさざなみ漏刻台に

かへるでの天のさみどり水底にみどり水明　天智の御代の

漏刻とふ水を積みつぎ示す時間《とき》大和の国の若かりしころ

水嵩の気配聞きつつ佇めり水ひと粒づつこくこくの刻

にんげんの知恵のはじめよひそひそと秘色《ひそく》の水に刻《とき》まあたらし

「時うしみつ　ねよつなど」とゆるらなる時奏恋しも『枕草子』

あゆみ寄り水時計はた日時計にわが影とどむわれの「時の日」

てのひらに生命線の見えがたくうつろひゆくを日暮れがたとぞ

体側に垂らす両の手ぴんと張り振子のごとく入る時計館

吊られたる柱時計を人型と思へば旧知のごときかんばせ

猫脚の櫓《やぐら》時計に振り返る今しがたまで在り経し吾を

時ははやすばやく過ぎて波羅蜜多　枕時計に安寝せしひと

たつぷりと生き上手なる生ならむ螺鈿の蝶が時計に舞ひて

二百万年に一秒狂ふとテクノロジー電磁波時計の狂ほしきかな

後ろ向きに歩いてみよう忘れゐしミヒャエル・エンデの『モモ』の時間へ

急《せ》きせきて生きる愚かさ時間《とき》のなき部屋に鮮し余花のいちはつ

息長にしらぶる宮司の龍笛に近江みどり野暮れなづみけり

石川やせみの小川の清ければ月も流れを尋ねてぞすむ　　鴨長明

下鴨の「せみの小川」の清《さや》けきを恋ひつつ細き水音に沿ふ

馬方は馬をあつかふうたかたは歌あつかふや鴨長明

うたかたは消えて結びてはかなけれ和漢混淆文胸にひびかふ

言霊は既に失せにきうたかたの言葉のあやの事《じ》事《じ》無《む》礙《げ》法界《ほっかい》

滝こだまあれば寄りゆく百の水みなずぶぬれて落ちつづくるを
水走り水落ちつづき水柱たちつづくるを若滝と呼ぶ

身の裡の火照りほとりと崩れけり吾をゆるがすうら若き滝

この滝の一行たらむ言葉継ぎまた継ぎみそもじあまりひともじ

完了はいづれ選ばむ　つ　ぬ　たり　り　滝の底ひに打ちどめの石

二尺余の菖蒲水揚ぐ花姿　水力学者の取り巻く夕べ

菖蒲田に浮かびてもみむ夕照りの水を根に立つ余暇を惜しまず

ひとすぢに草擦る蛇の温しとぞ　触りし指を立てて知らせ来

桐青葉ゆれやまぬもと心中の棘吐くごとく蛇の舌炎《も》ゆ

この蛇の口から光を奪へとぞ　ハンス・カロッサみどりの森に

互みの尾嚙みて双つの蛇のなす円の永遠いまだ見ざりき

雄の幹に乳もりあぐるいちやう樹の性差あやぶむ人間もまた

いちやう樹に九月精子の動くとふ聞きて仰げり遠き眼に

野の水を汲めるボトルが子と孫と曾孫に回る水の歳月

水系の先に繋がりわが洗ふ桃の産毛《うぶげ》を掌《て》になだめつつ

ポツダム宣言六十年目と呟けりぽつりと桃の核吐きにけり

目の前にみるみる古ぶ桃の核　西日も人語もさざなみたてり

石油と鯨

――五島の旅――

ジェット機にジェットフォイルと継ぎつぎて五島の土踏むこの浮力感

国生《う》みの知《ち》訶《か》の島とぞはろばろに雲の秀波《ほ》の秀われを搬びき

をりをりに見えつ隠れつ島蔭に光を反す巨きプレート

これぞこの石油洋上備蓄基地　干潮《ひしほ》差潮《さししほ》浮き沈みつつ

いぶかりて指さし数ふる貯蔵船白き五艘のつながれ並ぶ

タグボート十二隻に曳く巨体とふさながらにしてガリバー旅行記

幻とまがふしろがね巨大船アラビアンライトしづもるところ

アラビアンライト＝石油銘柄

いふなれば水と油の共棲か　潮《うしほ》に浮寝の石油の塊《マッス》

雲の端を染めて光れる荘厳をとろり映せりこの時空間

静電気たつを戒む石油の辺《へ》　風のそよぎに触れあふときも

ライターにひとひらの火の生まれけり「燃える水」とぞ誰かいひたる

掘鑿《くっさく》にあてし原油を浴びたりしジェームス・ディーンの顔のまつくろ

映画「ジャイアンツ」

テキサスの空噴きあぐるくろきもの　ミリオンミリオンおおミリオネア

――五島備蓄基地は世界初の操業と聞く――

油田なき花綵列島あはれなり島曲《しまわ》を白く波の沫だつ

離島にもありなむテロの光る眼に戦争保険の有り無しをいふ

二十四歳斬首無念の血の滲むイラクの原油かぐろくあらむ

生き死にの紙一重問ふ傍らに椿ひつたり葉を閉ぢてをり

藪椿たむろし照れるひとところ舌のごとくに翻《かへ》る厚ら葉

――同行は五十代なれば――

喘ぎつつ蒸気を吐きて走りゐし人間くさくありし機関車

茶の間に見し炭鉱落盤モノクロの画面にわれら戦《をのの》きしこと

これよりは石油の時代と聞きしこと　鯨のベーコン旨かりしこと

空海の巡りし跡はとどめずて鯨の骨の聳ゆる社《やしろ》

有川海童神社

夕雲を刺さむばかりか二本《ふたもと》の長須鯨の下顎の骨

祝祭のごとくありけむ捕鯨漁　美《は》しくとどむる鯨の鳥居

一頭に一村あまねくうるほへば鯨に戒名つけし里人

雨あとの穂芒あらき穂ゆるぎに車体を擦りて島の曲《わだ》ゆく

「入海は緑の波ぞ」*信綱の校歌のみどり見むと気負へり

*佐佐木信綱作詞上郷小学校々歌

島山の段々畑芋畑　瓜坊ゐのしし視野に親しも

夕まけて花の尽《すが》りの白芙蓉　触るればゆるく力を返す

風あらば風に凭れて在らむかな旅の身かるき命のひまを

眼《まなこ》ただよふ

木製のハンガー壁を敲《たた》きをり地震《なゐ》を知らすや姿なきひと

地震　津波　底ひ揺れつつ小さなるこの国土の傷つきやすし

大方は水とふ躰《からだ》の地震に揺れ浮萍《うきぐさ》あはく頭《づ》に浮かぶころ

賽の目に切りし豆腐のやはらかく崩れゆきたりこの国もまた

千体仏のごと切り分くる京豆腐どの断面も白き闇なす

＊

聖水にあらぬ一滴眼にうけてとろり溶けそむ宙のなべての

眼の球を押さへ蹋まる待合室あまたの眼《まなこ》ただよふところ

さびさびとただよふたまゆら宙吊りの生とふ言葉は蜜のごとしも

レーザーの光を浴ぶる眼球の狂ほし極彩色の奔りて

レーザーに眼《まなこ》を灼かれ戻り来ぬ青焼校正届きてありぬ

ハイリスク・ノーリターン

九十歳の男《を》ごゑ弾めりさ庭べの蜜柑の出来の上々を伝ふ

黄金《わうごん》の油垂りつつ生みにしか蜜柑古木に匂ふ祖母・母

鈴生《な》りの木の実に喰ひ入る九十歳　そのししむらのゆるぎもあらず

籠もちて木下に待ちぬ黄金の香《かく》の木の実の落とされくるを

老病《おいやみ》のなくて過ぎけるこの叔父にさやさやと触る木に凭《よ》るごとく

*

にはかなる死を告げられぬくらくらと春の坂踏む雲踏むやうに

つんのめり階段《きざはし》幾層のぼりつぐ遺体引取人なるわれは

細ながき廊に入りきて右に折れ左に曲る死に会ふまでを

幾つもの扉《ドア》より洩るる薄あかり視点次第に定まらずゐき

読点《とうてん》を打つやうに扉を閉ぢて会ふ見知らぬ時間のなかの亡骸

一呼の気まだあるごとし春の雲かがやくもとの戯れかこれ

茎つよく草のみどりの茂る庭　生なき叔父と連れだちて入る

ガスは点かず電話は鳴らず九十歳孤独の果ての狼藉を見つ

厨べに女《をみな》のこゑの囁けり寡男《やもを》の翁の火のなき暮し

鉄瓶に残りし水の澄みてあり亡き墨いろの生なつかしも

独り居はなべて億劫と去りにしか海鼠《なまこ》のごとくするりと抜けて

机《き》の辺にアラビア数字の乱れ散る　石油先物買あまたなる数

ハイリスク・ハイリターンに奔りしか　あはれあつぱれ老いの疾走

経済のながれを語り逸《はや》りかにありしを稚気といはば寂しゑ

生涯は一場の夢　ハイリスク・ノーリターンまた豪儀なるゆめ

マタイによる福音書六章「神と富とに仕へることはできない」

自《し》が資産抛ちて入る神の国　かくて讃へむその甲斐性を

斎場に飾るべくして探しけり勲記勲章いづへに潜む

遺されてへたりと坐る古畳　蜜柑十余り乾《から》びてまろぶ

むくむくと闇に動ける蜜柑の木　黄金のリズム打ちつづけゐむ

*

耳の骨喉仏のせ収骨の囲りにゆらぐ感情ぞ濃き

一幅の水をまたげる木の橋を渡りて消さむ生の腥《なまぐさ》

川幅の狭まるところ暴力に似たる激ちを見て見ざりけり

ひとひらの桜が小渦を生みてをり大渦おそろしどつと散るなよ

のつぴきならず時過ぎゆけり啼きながら雲雀はのぼる雲へ空へと

去年《こぞ》の芒　穂のなき芒が骨のごと立つひとところ風過ぎゆけり

時間軸

霜のなき十二月八日開戦を語らず過ぎき日永に過ぎき

厚咲の菊花の力ゆるみそむ危ふかりけり平和立法

ひんやりと湿りて届く喪のハガキ猫寅之助二十歳《はたち》の老衰

万年筆を万年変らず走らせて音なく刻むわが時間軸

雲がゆれ緑葉がゆれ柚子がゆれ真下まあかき幼児のこゑ

ぐるぐるとクレヨンの輪に生まれたるまひまひつぶろ槍を出したり

若ものの腋より落ちしグラビアのラスト・サムライ貌翳りたり

竹酔日

歳晩の街を隔つるひとところ伸びあがりたる青きひとむら

まつすぐに日を照り返す肌を撫づ竹の剛《つよ》きに繋がりたくて

神楽にはあらぬ手草《たくさ》に笹を打つ竹の林に誘はれたり

「水甕」の年刊歌集『竹酔日《ちくすゐじつ》』色さめてあり父の書棚に

竹酔日＝此日ニ竹ヲ植ウレバ繁茂スト云フ

戦時下の昏きに編める『竹酔日』根のひろがれと父の名付けし

昼も夜も音なく伸ぶる青竹の伸長量を恃みたりしか

図にのりて東亜協同体論ぜしを疎む歌あり若きひとりの

戦争の歌に正義や愛の語は御免かうむりたしと詠へり

医学生のままにい征《ゆ》きて還らざりきあなあな危ふまつすぐな詠み

風にあそぶ軀幹は見えね根は土を摑みて久し過ぎし歳月

亡きひとのいま踏みおろす脚ならむあをく一条《ひとすぢ》射しこむ光

竹酔日ハ竜生日トモ云フ

朝の日に傾き伸ぶる若竹の皮を脱ぎたりためらひを脱ぐ

伸びしるく匂ひたちたる若竹の竜生ひいづるゆめのまたゆめ

あたらしき白き粉ふく一区切　竹の身過ぎも単調ならず

こみどりの樹液のながれ匂やかに時過ぎゆけりわが身にもまた

青竹に隣るこみどりすこやかに照らしあふにや心底までも

そよ風をこぼしてゐたる笹の葉がつと離《さか》りたり魚のかたちに

渦巻きて風の荒るるを押し返す竹の力のりんりんとせり

はらわたを持たざる竹の打ちあへり潔きかなこの交はりも

竹より竹へ張りひろがれる億の根を踏みつつ寂し根のなきわれは

蔵沢の墨絵の竹に向かひゐし竹の里人ひとすぢの〈われ〉

蔵沢——吉田蔵沢

竹に入り竹を出できてかるからずまだ捨てかたが足りぬといふか

いまいちど撓ひてみよと肉厚き大青竹が頭上にさやぐ

往生は一定《いちじやう》されば暗暗《あんあん》とあるなわが身のめぐりを払ふ

竹林をいづれば紺の冬ぞらに速さを競ふ鳩の一団

吹きはれし空にひろぐる鳩の輪のこの純白のこの世の光

ヘッセ全集積みあげ年を越さむとすヘルマン・ヘッセの空には触れず

晦日《つごもり》の畳の上にみいでたり本と本との嚙みあふさまを

腹ふくるる図鑑が詩集を吐きいだす弱肉強食に除外例なし

ぽんと背を叩きて戻す文庫本　書架のしりへに隠るなよゆめ

II

浅間は男山

けふもまた浅間を男山《をやま》と恃み来つわが身ひとつの命のひまを

強がりより弱がりを選ぶ齢なれ浅間《やま》の烟のうすきもよけれ

朗らほがらとそそりたちたる夏雲に吾は向かはな未萌《みばう》のわれの

堀辰雄記念館

みどり木の囲みしづけき資料室書簡ひろぐる机《き》に近づけり

ハイカラを目的とするを危ぶめる芥川の手蹟《て》の文に魅かれつ

苦しくとも写生的にと繰り返す大正十四年の文字に喰ひ入る

わが生れに近き日に説く文なればインクの薄れ惜しみつつ読む

書架に並ぶ『白桃』『暁紅』『寒雲』の背文字ふとぶとわれに迫り来

龍之介書簡に並ぶは沼空のペン字手蹟ぞほそくながるる

長居して御つからし申さなんだか——息ざし緩りと迢空の文

『死者の書』の映画企画を聞きとめつ朴の木洩れ日つと揺れにけり

「したしたした」「つたつたつた」の音擬《もど》き遠つ国よりみどりを洩れて

喜八郎の人形アニメの映画化を期すべく吾も「ひとこまサポーター」に

喜八郎＝川本喜八郎

サポーターわが番号《ナンバー》は「八三一」あはれ「ひとこま」近く小さし

人形の浄らなる面《も》に語らする音擬《もど》きこそなまなましけれ

山の雨ますぐに降り来立ち濡るる楓さみどり素裸にして

さみどりは若きたましひ楓《かへるで》の野面《のづら》に立ちて諸葉さやげり

時間《とき》はいま裸にあらむかきけぶる若葉の抱く鳥の囀り

地平まで緑にありし追分を恋《こ》ほしまむかな草萌えあがり

うすあをく闇は降《お》り来ぬ浅間嶺が巨き臥仏にみゆるひととき

蠕形《ぜんけい》の虫這ひいづる林道にブレーキが重いといふこゝろがする

夏草のおどろに探る開栓口　知恵の泉のごときみづいろ

蛇口の先ひとつひとつに水勢のたちて始動す山の暮しの

いつしらに実生えの樺《かんば》わが丈を超えて渦なすみどりの時間

白樺の稚な木ながら幹しろく立ちて夕べの窓べ明るし

苦瓜の種子を蒔かむに添ひくるは児童文庫の『みどりのおゆび』

みどり木に向きて眼《まなこ》を瞠りたれあかき牡丹《ぼうたん》みえくる不思議

天窓は神の瞼《まなぶた》天翔《あまが》くる朴の広葉のひるがへりつつ

ガラス戸に打ちあたる音寝ぬる間に触手を伸ばすか山の漆の

古墳型の柱時計が刻うてり臓腑《わた》やはらかく眠りてゆかな

八月地変

山の雨ますぐに降りて吾を囲む水の光のひといろならず

さみどりの白樺しとど撃たれつつ雨に礼《ゐや》する大枝小枝

ずぶ濡れて走り戻りてきたやうな赤松あかく鱗息づく

驟雨すぎ差しくる光まばゆけれ青芒あをむただひたすらに

湿りたる草地に蚯蚓ぬらぬらと全長伸ばすを蟻は襲ひぬ

あらそひて蚯蚓に集《たか》る蟻の口　食ひ尽さむかこの太り肉《じし》

生きながら総身を蟻に吸はるるは死のよろこびか蚯蚓の震ふ

山荘の黒き電話に約束す「泡雲幻夢童子」墓前に逢ふを

『萱草《わすれぐさ》に寄す』を読む会集へるは文学老年文学老女

『萱草に寄す』＝立原道造詩集

かなかながみどりのいろの粉々をこぼしはじめぬ青杉の道

青杉の青の木下に氷柱となりて憩はな頭《づ》より汗垂る

林道に突と車のつらなりてガソリン臭蒸す鬱緑のとき

伐採の跡なまなまし切株は太く大地に根付きたるまま

力弱きものは伐られつ2時5分じとりと肌の湿りてきたり

ぽつねんと切株二つ並ぶありゴム靴履ける両足のごと

アニマルキラーの電柵めぐらす保有林ぼおつと来るな夜行の獣ら

まつしろな巨き茸のかたちせる給水タンクへあらたなる道

積乱雲膨れするどし山桜秀枝《ほつえ》真赤し焦げてゐるのか

錦木を鬼箭木と思ふ細き枝の稜々あまりにするどくあれば

湧きあがる雲の真下へ出て行かう自《し》が影法師と向きあひながら

山荘の工事音のとどろきを爆撃音とたがふ哀しみ

ほんたうの闇ありしころ蕎麦畑を火を吐き走りし機関車をいふ

新聞のカラー化なりしはいつよりか鮮魚つつむに湿りてゆかず

街道のバス時刻表まばらなる数字は老いの呟きに似る

地震《なゐ》揺るる火山灰地にじりじりと細根張りたりどんぐりの木は

地異地変逃れがたかる列島に足指十指ひろげて立たむ

火を浴びる山

――二〇〇四年九月一日浅間山噴火す――

山が鳴る山が呻くとひと夜さを寝ねず伝へ来こゑ掠れをり

火は見えずされど空振はげしきを告ぐる受話器にひびくをののき

夜なよなの画面に繋ぐ浅間嶺の荒れ凄まじもどどと噴く火の

しづかなる烟を愛《め》でて久しかり　人拒む山となりてしまへり

奔る火の山づたふ美《は》し寄りゆきて触《さは》る画面に火はつめたかり

火に燃えて浅間動けり呟きてゆゑよしもなく生るるいらだち

まつしろな御飯ほろほろ食べてをり飯《いひ》盛りあぐる山に向かひて

小浅間の火山石に聖刻文字《ヒエログリフ》刻まれゐむと寺田寅彦

火山石をロゼッタストーンと呼びてみむ億年秘めし地殻に会はむ

立ち返る記憶のありや火山石落葉かづきて粗鬆のふかき

*

右の踵左の踵踏みかはしいくばく浮かむ霜つよき野に

浅間嶺の火山灰《よな》まじりゐむ赤土の関東ローム層踏み応へあれ

裸根の霜に囲まれ寒からう捩れのしるきマンサクの黄

はるかなる母の伝言マンサクの黄《きい》のちぢれを読みとりてをり

三椏《みつまた》は愛うすき花身のかぎり三三三と枝岐れきて

見えくるはつねに断片目の前の素心臘梅一りん二りん

土の上《へ》にまろぶをよろこびゐるやうな侘助生《あ》れたるままの裸に

切り捨てて切り捨て咲ける白き梅　輪郭の冴えおろそかならず

咲きいでし紅梅の花見尽され昏るる紅《くれなゐ》闇ふかまりぬ

枯草を焼きたる灰のまだ熱し冬の空気の濃きひとところ

＊

疑はしき集団ひとつ颪を抜きくろぐろとくる鴨の一隊

一つ枝にたわわたわわと鵯の尾のふるふ時の間《ま》木は立ちあがる

詰襟の制服が並びゐるやうな冬枝《え》日だまり鵯のたまり場

ひと並びの鵯去りたれば冬の枝《え》は薄き日差しのからつぽ舞台

差しこめる日に照りいづる柚の実のゆれつつゆかし乾《いぬゐ》の隅の

降る雪に仰向きはしやぐ二歳児の顔に七つの穴のあること

いつぽんづつ立たする指が芯となり五指ひらきたり赤き手袋

つと敷居につまづきたれば引き籠る古代ローマびとわが家に居き

引き抜きて先づ天金を撫づるひと古き知遇を得たるごとくに

われの辺《へ》に三年《みとせ》ありしが今朝逝きてわが掌《て》に闇の粒たるメダカ

III

中野区野方

なつくさの中野区野方わが門《かど》にりいんりいんと鈴虫の呼ぶ

青葉かげくぐりて若き郵便夫さしいだすなり鈴虫の籠

くきやかに印鑑を捺し鈴虫のこゑを受けとる白昼のあり

髯ながき男きたりて虫を飼ふ技の加減のつばらつばらに

摺り足に寄りてゆくなり翅すりてころはなやかな雄《を》の傍らへ

天地《あめつち》のあはひを消しし鈴虫にこころとろとろ盗られゆくなり

たな曇りこの世の冥さ鳴きたつる虫のあとよりにんげんのこゑ

寝ねがたき夜を鳴きたつる鈴虫の天衣無縫のこゑのそらいろ

浄《じやう》といふ数詞ありたり吹く霧に籠の内側湿してやらな

闇の粒となりし鈴虫捨てに出づ赤き火星《マルス》のまたたきの下

*

明かりみな消して迎ふる夏至の宵　雲のひとつが心に浮きぬ

父の里秋月産の和蠟燭ひたに幾重にくるまれてくる

いつぽんの和蠟燭の炎《ほ》のほとり葦の湿りにゆらぎてゐたり

燭台を突き出し廊にすれちがふ互みの曇りおし測るがに

はんなりと浮世の明かり幻に片白草の葉のゆれやまず

片白草《かたしろ》の葉先の白が眼前《まなさき》にゆれゐて遠し父の形代

彼方より見らるるわれか片白草みどりにかへる寂けさに向く

こんこんとみどりにかへる片白草《かたしろ》に遠けぶりたりわが来し方の

円ひとつ閉ぢるやうに逝きにしか双手をあはせ掬ふ閼伽水

*

不連続の連続ありき薬瓶どつとこぼるる百錠の白

びいどろの皿に水蜜切りわくる胸を濡らして待つ幼児に

ねんごろに花豆食ぶる幼児の一重瞼も夕ぐれゆけり

飛機に発つひとりを囲みあふぎゐつ空いつぱいの粒となる雨

一、十、百……那由多、不可思議、ガンジスの沙《すな》ほど雨のひしひしと充つ

雨粒の燃えて落ちくるひとところかがやきくらし白樺の葉の

青嵐若き樺《かんば》はほむらだち水の杜となりてしまへり

みるみるに地にみつる水いそぐ水　木の根水の根いくわかれして

見る前に夢を見よとぞバシュラールいろ淡きかな水のイマージュ

バシュラール＝ガストン・バシュラール

水の面《も》に文字書きてをりゆゑしらね書きつぐ指の重りて眼覚む

すこしづつ蘚《こけ》ふえてゐむわれなるや昼寝《ひるい》のさめぎはうすあかりつつ

大団円

紅梅が並びて夢を洗ひゐる大団円となりて夕ぐれ

白き花終りて紅きへ移る風そよぎたたむやわが胸の紅《こう》

南《みんなみ》に伸びし一枝を吉として児に握らするくれなゐの梅

紅梅をくぐりて仰ぐ晴天の一断片はひとりの胸に

くれなゐの梅のさかりを突つきりて恋の尾長の煩悩の翼《はね》

*

紅梅の八十《やそ》の花々すぼみゐむ羊羹「夜の梅」味はふ夜の

なりゆき

神功皇后　紫式部　樋口一葉　ケースに見較ぶ紙幣の三人《みたり》

妊りの身に出で征きし皇后を紙幣に称へき明治のなりゆき

海原の魚《うを》が御船《みふね》を負ひたりと古事記中つ巻神がかり伝ふ

征韓をなしし皇后ふくらかに常若《とこわか》に在《いま》す壹圓紙幣に

明治十四年紙幣一円の価値を問ふ平成五千円ほとほと薄し

ひとところ箔の光れる新札の古《ふ》りゆかむ先おもひ虚しも

*

保護樹木となりたる桜のどっと噴き袋小路の白光りせり

樹医が撫で写真家が光をあててをり一歩前へと声のかかりて

呼びかくる勢ひいつしら呟きに変る寂しさ　桜をはりぬ

てのひらが桜荒膚触れゆけり撫で仏ともなり給ひけり

オールドタウン

重なれる棟のあはひにもりあがるももいろの靄　多摩ニュータウン

さくら花こぼるるもとに子供らのこゑなし老いしか集団住宅

箱車に搬ばれてゐし園児らの駈けし空間介護車が占む

発ちゆきし長子独り子それぞれを金八居酒屋店主は伝ふ

押入れに秘密びつしり核家族蜜のごとくに在り経しものを

鎹《かすがひ》の独り子は居ず西班牙《スペイン》の鋏は刃《やいば》をひらきたるまま

壁に吊る鋏は両《もろ》の刃《は》をひらきさりげなく見す分枝の痛み

窓の辺に芽ぐむ梢は戦《そよ》ぎゐつ枝分れまた日々の戦ひ

空井戸に冬の胡桃の落つる音コップの底にことんと補聴器

補聴器をあはや呑みこみたりしこと　隣の主の老いたりしこと

シュール派も古志派も口髭たくはへて霜を交ふる団塊世代

ありきたりの「生」を拒みて烈しかりし市原克敏この座に在らぬ

感覚の組替への声つよかりし　マルセル・デュシャンの「泉」をいひて

あるいは死は救済ならめ　権威怒り権威はばみて休まざりせば

亡きひとを語りてもづくを絡めをりとろり濃藍《こあゐ》のこごりの雲を

鎌倉古道「小野路の宿《しゆく》」に購ひし甘菜辛菜のはげしきみどり

リビングに絵筆と並ぶ五寸釘　和船解体にいでし釘とぞ

今様のオブジェを厭ひ飾れるは江戸期の釘の汚染なき鉄

五寸釘の曲るあたまはL字型　江戸期の鍛冶屋の敲きし頭

風がきて光がそそぐ五寸釘　歳月の錆われも落さな

夕光をふかむる壁に伸びあがる釘の簡浄ジャコメッティの影

にんげんはいつも孤りと呟けり団地の一隅春の熱帯ぶ

木の闇をのぼりつめたるさくらいろ団地の窓を覆ひかがよふ

さかさまにながるる樹液のさくらいろいかに勇みてのぼり来しにや

*

さくら木のもとに連歌を交さむに釈桜健よ逝きてしまへり

釈桜健＝高嶋健一法名

川二つ超えて見に来しさくら花　非在の君の空に明かるを

残るとは死者の記憶を担ふことこころほとほと見上ぐるさくら

浄土なる君が挨拶さくら木の上枝のゆれて散る二、三片

涅槃に入る君が頭の大きかり　のんのんとさくら頭《づ》を揺らしけり

振り向かず離《さか》りゆくにや音のなくさくらふぶけり光の吹雪

交替劇

椎の木に稚な葉生るる沫だちを聴きつつワインの発酵おもふ

もりあがり新葉《にひは》は古葉を蔽ひたり鬱勃としてさかんなるさま

春落葉ひかりを刻み降りつげり父を捨てむと夢みしところ

はつなつの空を先取る椎若葉風に濡れつつ舌のごとしも

椎若葉百千の舌閃けり百千のことば空に放てり

燃えつきて落つるしきたり椎の葉の散りつぐ音す鋼《はがね》の音に

くるめきて落つるをしづかに片寄せぬおろそかならず一葉《ひとは》の一生《ひとよ》

新《にひ》の葉を辷りてみどりの風吹けり『緑の資本論』娘《こ》の読みてをり

赤き思想追ふをおそれし日のありきうねりてくろき根の上《へ》にありき

椎の木の瘤がしきりに光るなり母の諫めの瞳のやうに

若き葉にゆづりて繋ぐ樹のいのち炎の匂ひに降りつぐ落葉

しづかなる交替見する椎のもとわれもぶあつき齢を負ひぬ

自恃のこころ

退《すさ》るにも進むにも要《い》るエネルギーまして微笑《ほほゑみ》忘れぬことも

綴りつつ文字より枯れむわれならめ自恃のこころのしぐるるなゆめ

生誕日まづは真鯛の骨を抜く気骨反骨弾力あるを

焼きあがる狐いろ待ち食《は》みてをりぱりぱりと食む火の音も食む

降る雪に瞬かぬ目を光らせて白蛇《ヒドラ》のごとし新幹線は

新幹線白蛇に呑まるる暫くをだらりとありき私の時間

噴火はや収まりたれば枯れ浅間　人散りやすし時逝きやすし

煉炭の穴よりいづる焔の辺《へ》うどんあつもり心して食ぶ

乳いろの雲が黒みを帯びて来ぬ胡桃割りつぐ胡坐の膝に

方一丈影くきやかに地に映しくろがねと立つ冬の葡萄樹

水の穂先

青竹の生ふる間《あはひ》をすりぬけぬ三十五度六分の体温

冷や冷やと青竹の影退けりわれの身体の濃くいでてきぬ

踝《くるぶし》に皮を残せる若竹の愛《めぐ》し深沓《ふかぐつ》の公子さながら

履物を脱ぎて入るべし竹林　降りくる光青く香はし

竹林に鶴啼ける図のうつくしも鶴の素の脚反りかへりゐて

長谷川等伯「竹鶴図」

耳もとに「色がついた」と囁かる長谷川等伯画風の話

言葉なく立つ青竹の漲れり水のほとりに濁るわが息

噴きいづる水のはじめのためらひを見てをり水はうぶうぶと生《あ》る

三秒を噴きあげ一秒とどむとふ水の穂先のふくらめるとき

水底のはるけき雲もたゆたへる水も生きもの呼びたくて寄る

あとがき

『燃える水』は、『生《あ》れ生《あ》れ』につぐ私の第九歌集である。二〇〇三年十一月より二年間、「短歌研究」に作品連載の場を得、連作に励むこととなった。日頃は寡作の私が、三十首の連作をつづけるには、あらたな発想の井戸を幾つも掘らなければならなかった。その掘りかた、さらには水の掬いかたの大切さを感じた二年間であった。幸いにして「竹酔日」は、第41回短歌研究賞を受け、受賞第一作の「桃の時間」五十首も、この集に収めた。従ってこの一集は、「短歌研究」発表作品を中心に、あとは同時期の綜合誌掲載作品を以て、任意に構成した。

この間、短歌研究社の押田晶子編集長をはじめ、スタッフの方々に細やかにお世話をいただいた。ここに厚く御礼申し上げる。

平成十八年七月一日

春日真木子

検印
省略

水甕叢書第七九五篇

平成十八年九月二十一日　第一刷印刷発行
平成十九年一月　七　日　第二刷印刷発行

歌集 燃《も》える水《みづ》

定価 三一五〇円
（本体三〇〇〇円）

著者 春日真木子《かすがまきこ》

発行者 押田晶子

発行所 短歌研究社

郵便番号一一二−〇〇一三
東京都文京区音羽一−一七−一四 音羽YKビル
電話〇三（三九四四）四八二二・四八三三
振替〇〇一九〇−九−二四三七五番

印刷者 豊国印刷
製本者 牧製本

ISBN 4-88551-985-3 C0092 ¥3000E

短歌研究社　出版目録

＊価格は本体価格（税別）です。

歌集	約翰傳僞書	塚本邦雄著	A5判	二〇八頁	三五二四円	〒二九〇円
歌集	敷妙	森岡貞香著	四六判	二〇八頁	三〇〇〇円	〒二九〇円
歌集	エトピリカ	小島ゆかり著	四六判	二〇八頁	二三八一円	〒二九〇円
歌集	夏のうしろ	栗木京子著	四六判	一八〇頁	二五〇〇円	〒二九〇円
歌集	風位	永田和宏著	A5判	一七六頁	二八〇〇円	〒二九〇円
歌集	はじめての雪	佐佐木幸綱著	四六判	二三二頁	三〇〇〇円	〒二九〇円
歌集	朝の水	春日井建著	A5判	二四八頁	三〇〇〇円	〒三一〇円
歌集	茉莉花	川合千鶴子著	四六判	一七六頁	二八〇〇円	〒二九〇円
歌集	滝と流星	米川千嘉子著	四六判	二四〇頁	二六六七円	〒二九〇円
歌集	滴滴集	小池光著	A5判	二一六頁	三〇〇〇円	〒三一〇円
歌集	碌々散吟集	清水房雄著	四六判	二二四頁	三〇〇〇円	〒二九〇円
歌集	椿の館	稲葉京子著	A5判	二四八頁	三〇〇〇円	〒三一〇円
歌集	じふいち	山埜井喜美枝著	A5判	二一六頁	二八五七円	〒三一〇円
歌集	曳舟	吉川宏志著	A5判	一六八頁	二五七一円	〒二九〇円
文庫本	近藤芳美歌集	近藤芳美著		一九二頁	一二〇〇円	〒二一〇円
文庫本	大西民子歌集（増補『風の曼陀羅』）	大西民子著		二一六頁	一七九六円	〒二一〇円
文庫本	岡井隆歌集	岡井隆著		二〇〇頁	一二〇〇円	〒二一〇円
文庫本	馬場あき子歌集	馬場あき子著		一七六頁	一二〇〇円	〒二一〇円
文庫本	島田修二歌集（増補『行路』）	島田修二著		二四八頁	一七一四円	〒二一〇円
文庫本	柴生田稔歌集	清水房雄編		一八四頁	一七四八円	〒二一〇円
文庫本	窪田章一郎歌集	窪田章一郎著		一七六頁	一七四八円	〒二一〇円
文庫本	塚本邦雄歌集	塚本邦雄著		二〇八頁	一七四八円	〒二一〇円
文庫本	上田三四二全歌集	上田三四二著		三八四頁	二七一八円	〒二一〇円
文庫本	春日井建歌集	春日井建著		一九二頁	一九〇五円	〒二一〇円
文庫本	佐佐木幸綱歌集	佐佐木幸綱著		二〇八頁	一九〇五円	〒二一〇円
文庫本	高野公彦歌集	高野公彦著		一九二頁	一九〇五円	〒二一〇円
文庫本	続馬場あき子歌集	馬場あき子著		一九二頁	一九〇五円	〒二一〇円
文庫本	前登志夫歌集	前登志夫著		二〇八頁	一九〇五円	〒二一〇円